W0360867

Benji Verdes

Todo lo que fuimos ahora es polvo

montena

El papel utilizado para la impresión de este libro ha sido fabricado a partir de madera procedente de bosques y plantaciones gestionadas con los más altos estándares ambientales, garantizando una explotación de los recursos sostenible con el medio ambiente y beneficiosa para las personas. Por este motivo, Greenpeace acredita que este libro cumple los requisitos ambientales y sociales necesarios para ser considerado un libro «amigo de los bosques». El proyecto «Libros amigos de los bosques» promueve la conservación y el uso sostenible de los bosques, en especial de los Bosques Primarios, los últimos bosques vírgenes del planeta.

Primera edición: marzo de 2017
Primera reimpresión: marzo de 2017

© 2017, Benji Verdes
© 2017, Penguin Random House Grupo Editorial, S. A. U.
Travessera de Gràcia, 47-49. 08021 Barcelona
© 2017, Nuria Riaza, por las ilustraciones

Penguin Random House Grupo Editorial apoya la protección del *copyright*. El *copyright* estimula la creatividad, defiende la diversidad en el ámbito de las ideas y el conocimiento, promueve la libre expresión y favorece una cultura viva. Gracias por comprar una edición autorizada de este libro y por respetar las leyes del *copyright* al no reproducir, escanear ni distribuir ninguna parte de esta obra por ningún medio sin permiso. Al hacerlo está respaldando a los autores y permitiendo que PRHGE continúe publicando libros para todos los lectores. Diríjase a CEDRO (Centro Español de Derechos Reprográficos, http://www.cedro.org) si necesita fotocopiar o escanear algún fragmento de esta obra.

Printed in Spain – Impreso en España

ISBN: 978-84-9043-731-5
Depósito legal: B-2.167-2017

Compuesto en M. I. Maquetación, S. L.

Impreso en Limpergraf
Barberà del Vallès (Barcelona)

GT 3 7 3 1 5

Penguin
Random House
Grupo Editorial

Todo lo que somos

Cuando aún era pequeño como una judía,
cuando aún respiraba por la boca de mi madre,
cuando todavía no te conocía,
yo ya sabía que me ibas a salvar.

Quizá llegaste como llegan los tornados,
arrasando con todo y sin avisar,
por eso nombre de mujer,
por eso tu nombre,
por eso tú.

Y eso fue lo único que tuviste de tornado,
lo demás fue crear islas de caricias en mis mares muertos,
revivir las olas lacias, agitar mis calas,
dejarse caer en la arena acompañado de tu brisa,
nadar en tus ojos, comer de tus manos.

Me replegaste entre tus brazos pieza a pieza
y volví a ser judía en tu cama,
y volví a respirar de boca ajena,
esta vez una que además de devolverme la vida
tenía la capacidad de quitármela,
y ahí me quedé yo a vivir,
en un suspiro tuyo, y todo lo que vino luego;

aire.

Perfectamente podríamos habernos conocido en una discoteca una noche cualquiera, quizá en un calentón de fin de año o en la incitación al deseo que producías con tu disfraz de carnaval, podría haber sido en un fin de exámenes o simplemente en un antro cualquiera tomando unas cervezas.

Podríamos haber acabado follando cualquier noche de esas, dos desconocidos que cruzan miradas, palabras y quizá hasta coincidencias en sus historias, en sus cicatrices.

Y seguramente hubiese sido la hostia, sudor, agarrones, mordiscos, jadeos, gemidos, ruidos que nos diesen igual y alguna que otra mancha de carmín en mi ropa. Tu olor en mi cuello a la mañana siguiente y quizá tu número de teléfono en una hoja de apuntes ya vieja.

Hasta puedo afirmarlo, hubiese sido la hostia.

Pero me alegro de que no fuese así, me alegro de que aparte de tener un culo que incita a la luna a salir y al sol a no querer ponerse para verlo, unos ojos cristalinos que te hacen suplicar más; miradas, pupilas, retinas, más y más sensaciones visuales, como ver tu cabello, puedo jurar que lo he visto a cámara lenta caer sobre tu espalda en un giro rápido y ha sido mejor que besar a cualquiera por despecho.

Me alegro de que no solo fueses mordiscos en mis labios y tus manos en mi espalda, de verdad, estoy contento de que antes de haberte hecho el amor, antes de haber puesto mis manos en tu cintura para dirigirte contra el armario empotrado y no dejar que tú fueses menos, haberte conocido.

Me alegro de ello y con eso no quiero decir que fuera mejor o peor sexo, con eso quiero decir que pude sentirte mucho más, pude quedarme despierto toda la noche mientras dormías, viéndote soñar, y pude comerte a besos los buenos días, pude pasear mi mano entre tus piernas mientras te miraba a los ojos y pude entender tu mundo un poco más.

Me alegro de haberte conocido antes de haberte visto sudar en mi cama, me alegro porque eres una persona de esas personas que quieres que sigan en tu vida. No te voy a pedir la mano, ni tu cuerpo, ni nada más que, aun cuando no estés a mi lado, estés conmigo, quiero que te quedes siempre a mi lado, más allá del calor que da un cuerpo, hablo de la confianza que da conocer a alguien, quédate en mi vida como quien ya ha visto la película y se queda viendo los créditos, quizá hasta esperando una serie de secuelas que no acaben jamás, los mismos protagonistas con distintas historias.

Agárrame la mano, que en esta vida hay un hueco para ti.

Fuimos un imperio surgido de la nada.

De toda la nada que puede haber entre dos personas que se desean más que a sí mismas.

De toda la nada que puede haber entre dos cuerpos que se rozan a una fricción mayor que la que podría soportar una piel que no estuviese recubierta de ganas y pasión.

De toda la nada que esconde una mirada dentro de un silencio.

Fuimos un imperio que surgió de las entrañas y se levantó en cimientos más fuertes que las cenizas.

En siete batallas conquistaste todos mis poblados, a través de los caminos que recorrían mi cuerpo, que recorrían todos los sitios donde me gustaba que estuvieses, desde las cosquillas de los pies hasta el último cabello de mi cabeza que acababa rozando cielo cuando me hacías flotar con tus caricias.

Batallaste tus manos contra mi abdomen en la primera, arremetiste contra mis costillas y ganaste las cosquillas aquella noche. Y las lágrimas vertidas sobre el terciopelo del sofá fueron de alegría.

Tu segunda batalla recuerdo que fue la segunda vez que te vi. Tan solo pensaba en besarte y en no hacerlo. El querer no arriesgar una amistad contra la necesidad de apostar todos los riesgos a tus labios, aun teniendo las cartas descubiertas sobre la mesa. El ansia, la necesidad, la tentación de conocer qué se escondía más allá de la carne de tus labios. Me hiciste necesitar besarte. Y hasta que no lo hice, me sentí un poco menos vivo. Aquella batalla la ganaste sin duda. Que consiguieras que necesitase saber de tus labios fue una victoria limpia en una guerra de miradas.

Más tarde me di cuenta de que la tercera batalla la habías ganado sin yo advertirlo. La primera vez que me quedé embobado, mirándote, sin saber qué decías, me supo mal por no escucharte, pero en aquel momento, absolutamente nada me sabía, solo eras tú, y cómo movías la cabeza mientras gesticulabas, y a veces, entre palabras, te mordías los labios. Y solo era eso. El mundo eras tú mordiéndote los labios. No sé si venciste tú aquella batalla o fue que yo salí derrotado.

La cuarta batalla fue ganada en una despedida. Cuando al decirnos adiós te giraste a los tres metros de habernos separado, gritaste mi nombre y en menos de un instante ya te tenía encima, abrazándome y dándome un beso más, porque contigo nunca había besos de más. Te acababas de ir y ya te echaba de menos.

De la quinta batalla solo diré que estar dentro de ti fue la mayor victoria que podía conseguir yo. Después de que me atrapases con tus piernas. Con tus ojos de quererme todo, sobre, por y para ti. Tus manos melosas arañando mi espalda. Tu pelo rebelde colándose en nuestros besos. Tu primavera lloviendo sobre mi tempestad. Llover sobre mojado también es llover. Ahí entendí que la batalla fue toda tuya, que era imposible ganarte al juego del amor. Ni a hacerlo ni a crearlo.

La sexta batalla estuvo muy atada a la quinta. Cuando después de que tú y yo fuésemos más que tú y yo pero en menos cuerpos de los que éramos tú y yo, y me besaste la frente y te quedaste colgada sobre mi pecho como si fueses un koala enroscado en un árbol. Cuando te levantaste a por agua, y todo tu cuerpo al moverse sacudió al mundo y sentí terremotos sobre mis pies. Cuando lo que hicimos en la cocina fue algo tan sucio que manchamos hasta el nombre del amor. Hice de ti un monte en ascuas, un apogeo de erupción. Un sinfín de fuegos artificiales. El juego de aguas de una fuente iluminada. La batalla la ganaste al darme cuenta de que pude amarte por quien eras, pero también por quien me hacías ser. Cariñoso y cerdo a la vez. Tímido y atrevido en partes desiguales. Sin duda, la sexta batalla la ganaste tú.

La última batalla fue la más importante. Es aquella que englobaba todas las anteriores. Podría decir que la última batalla es aquella en la que llegó el día en que me di cuenta de que me habías aportado muchas cosas que por suerte o por desgracia me hicieron ser un poco más quien soy. Todos los besos, las despedidas, las caricias, los abrazos, las reconciliaciones, los «te necesito» y sobre todo aquello que tú y yo sabíamos sin necesidad de usar palabras. Una pizca de todo lo que había pasado gracias a ti. Poder decir que me habías pasado. Y con orgullo decir que formaba parte de uno de los imperios más grandes que surgieron de la nada.

Arrasaste mis tristezas y las hiciste arder.
Besaste a mis ciudadanos en sus heridas,
les diste esperanzas para luchar,
pero también,
para dejarse vencer en todas tus batallas.

Visioné tu imperio en mí
el día en el que me besaste por primera vez.

Recorrimos mares de orgullo con una balsa tan pequeña como nuestras piernas, pero nos gustaba, siempre nos gustó estar tan cerca que pudieran confundirnos con uno.

Volamos cielos cual palomas mensajeras para decirnos únicamente silencios, para decirnos miradas, para besarnos los párpados y vernos como se ven las cosas de verdad, con los ojos cerrados. Recorrimos los cielos despiertos, dormidos, en medio de besos, orgasmos y aun estando a siete cielos de distancia. Los recorrimos. Siempre surcamos cielos para encontrar respuestas a preguntas que no teníamos valor de hacer. Pero que se respondían solas.

Tuvimos un ejército de cien mil millones de soldados, y todos cayeron abatidos en nuestro primer polvo. No pudieron soportar que sus armas jamás hubiesen hecho tanto daño, como en aquel momento no habernos tenido.

Quisiste llegar a mi corazón,
conquistaste primero mis ojos,
se enamoraron ellos de ti antes que yo,
seguían tu culo cual si fuera perro guía,
seguían tu pelo como si fuera brújula,
analizaban tus labios
como si pudieran sentirlos sin besarlos.
Después de tener mis ojos bajo tu dominio,
civilizaste mis manos
y las hiciste de todo menos civilizadas,
siempre buscaban tu cara de felicidad,
estar en ti,
sobre ti,
contigo.
No pudieron encontrar mejor sensación
que la de montaña rusa
al recorrer tus vértebras.
Se rindieron ante tus cabellos
la primera vez que se agarraron de ellos
en medio de un orgasmo.
Y cada vez me pedían más,
se enamoraron de ti.

Y te querían.
Cada vez te querían más.
Más encima.
Más debajo.
Más adentro.

El día que me enseñaste que no hacía falta tocarse para sentirse, el día que yo te acaricié y tú me acariciaste, que nos miramos a la vez, fuimos a hablar a la vez y a la vez callamos. Ahí oí el «te quiero» más sincero que jamás me habían dicho, sin que lo dijeras, y yo también te solté uno. Y aquella noche morí y resucité dentro de ti. En todos y cada uno de los sentidos en los que nos sentimos.

Y jamás tuve bandera más noble que la que ondeaba en tu melena, el aire sentíase glorioso de bailar en tus cabellos, y nunca nación alguna que no fuera el imperio de tus ojos me gustó tanto. No tuvimos más Constitución que la que inventamos en tu cama. No tuvimos más idioma que el que nos dejaba sin palabras al mirarnos. No tuvimos mejor gobierno, que el que gobernaba en nuestros pechos. Sin derecho ni ley, tan solo la locura de amarnos sin frenos y de frenarnos solo a hostias.

*Perdí un tren,
pero gracias
a eso descubrí
una estación.*

Mi estación favorita

He perdido tantos trenes que pienso coger el primero que descarrile en tu cama,
que tengamos el accidente más bonito de toda la estación,
meternos la hostia a doscientos, por tus sábanas, sin frenos y a lo loco.
Que nos la peguemos tan fuerte
que acabemos teniendo la despedida más bonita de todo el andén,
y a pesar de haber descarrilado, haberlo hecho juntos.

Quiero recordarte en cada estación que pise,
aunque tan solo recuerde el tren alejándose de ti
y tú corriéndote hacia mí.

No sé cómo decirte
que fuiste el mejor accidente que he tenido
y que, de vez en cuando, te echo de menos,
nos echo de menos, y sí, más que de vez en cuando.

Y que sepas, que después de cada despedida
en mi andén sigue lloviendo.
Que todos mis relojes se han roto
porque no saben calcular las eternidades
que tengo que esperar para verte.

Entiende que cuando te escribo
es como si volviese a recorrer las vías
de aquel tren que una vez descarriló,
y por ellas sigo todos nuestros recuerdos
todos nuestros besos, *nuestros*, qué bien suena.

Que ya no tengo ganas de descarrilar en otras camas,
que te hiciste mi única dirección, y que ahora
todos los andenes llevan tu nombre.

Que hay veintiocho letras en el abecedario
pero que tú no eres mi plan A, y menos el Z,
que junto a ti tengo tantos planes
que me faltan vidas para cumplirlos,
que me sobran las palabras para decirte lo que siento
y que me falta el aire para hacerlo mientras me miras.

Que quiero que seas mi rincón favorito,
y no hablo de ciudades, quiero que seas mi rincón favorito,
pero de mí. Mi rincón en el que perderme,
sin la prisa de tener que regresar.

Que no me importaría pegarme mil hostias junto a ti,
si sé que seguiré descarrilando en tu cama,
y que lo arreglaremos con besos por la espalda
y cosquillas por la mañana.

Pelo celoso y ojeras cama

Me gusta cuando te beso,
y se te pone el pelo celoso de por medio.

Me gusta abrir los ojos entre beso y beso
y ver que estás sonriendo,
como si tu sonrisa fuese un reflejo
en versión perfecta de la mía.

Que me agarres del jersey cuando estoy lejos
(lejos es toda aquella distancia en la que
tus labios no estén rozando con los míos)
y me arranques los besos como si fuesen de quita y pon.

Me gusta sentirme cómodo cuando estoy en tu pecho,
ya sea dentro o yaciendo sobre él.

Me encanta despertar y que mi ropa siga oliendo a ti.
Me gustan tus ojeras,
de verdad,
si yo fuese igual de pequeño
que mis inseguridades cuando estoy contigo,
dormiría en ellas.

Me gusta la forma que tienen tus mofletes
de acomodarse con los míos cuando te abrazo por detrás.

Me gustas por todo eso
y por todo lo que me queda por susurrarte al oído.

Podemos morrearnos en medio de la calle delante de cientos de personas con la pasión de unos chavales de trece años que acaban de descubrir el amor y les está explotando en la boca, con las sonrisas puestas después de los besos y las ganas infinitas de tocarse hasta el desgaste más puro de la piel cuando el roce hace el cariño.

Podemos hacerlo y que nadie nos mire, besarnos entre cientos, quizá si el tiempo se detiene para nosotros mientras para el mundo entero sigue, acaben siendo miles, podemos hacerlo y que nadie nos mire, y podemos hacerlo y que alguien nos mire, y que le dé igual, que mire y siga andando, como si ahí en medio solo viese un obstáculo que impide su paso, y nada más. Podrían mirarnos miles de personas sin que ellos sepan que nos estamos salvando las vidas, que nos salvamos de la muerte, que nos estamos atracando a caricia armada todos los besos, sin piedad y sin compasión ante el mordisco.

Y joder, te haría el amor aquí mismo si no fuese porque el ser humano es tan morboso que entonces sí que mirarían, mirarían mucho, quizá mirarían más de lo que nosotros nos miramos, pero sin duda sé que nosotros sin necesidad de mirarnos, tan solo con tenernos, sentirnos y tocarnos, nos podríamos ver mucho más de lo que conseguirían ellos mirando.

Y por suerte no me haría falta hacerte el amor delante de miles de personas para darme cuenta de que la diferencia entre ellos y yo es que ellos te miran y yo te veo.

Pero en serio te lo digo, podría hacerte el amor delante de mil personas y no mirar a ninguna más que a ti.

Podría,
pero prefiero besarte mientras fantaseo con meterte la mano debajo de las bragas y hacerte ver que al cielo se sube sin escaleras.

El amor

Yo siempre tuve miedo al amor, al exceso, a la posibilidad, la posibilidad siempre está presente, los precipicios se hacen grandes y constantes cuando se trata del amor, el miedo a caer, a la pérdida, a que todo se rompa, a no saber arreglar nada, a no saber curar ni cuidar.

Al amor siempre le temí yo, pero como dicen que hay que abrazar a tus mayores miedos, no tuve más remedio que anclarme a tus brazos, abrazarte, amor, para que me quitases el miedo a perderte.

No sé cómo
decirle
al mundo
que yo te
aprendí
con las manos.
Que los ojos
solo los necesité,
a ratos,
para comprobar
que eras real.

Nunca dábamos la luz porque con o sin ella siempre jugábamos a besarnos con los ojos cerrados, a vernos con las manos, surcando la piel ajena, y a buscarnos las palabras entre el silencio. Las uñas acariciaban lentamente las espaldas y los vellos se estremecían entre la música que produce un jadeo provocado por la excitación y la poca respiración que existe entre la continuidad de un beso tras otro. Nos quedábamos mirando sin saber qué decir después de los besos y reíamos como idiotas. «¿De qué te ríes?», decía siempre uno de los dos. «De nada», respondía el otro, y casi siempre rompíamos el silencio con un «Me gustas». Y no era mentira, porque nos abrazábamos desnudos y no necesitábamos repetirlo, nos gustábamos, y mucho, dos cuerpos que conectan en un abrazo poco tienen que decirse. A veces, o casi siempre, después de follar nos quedábamos apretujados en la cama y charlábamos sobre cosas, algunas más importantes que otras, a mí me gustaba hablar sobre sus piernas, yo las agarraba entre mis dedos y las apretaba. «Me gustan tus piernas», decía, y le insistía porque siempre negaba que fueran nada especial. «Nena, a mí me gustan tus piernas», nunca he sido de ir a esquiar, pero me he imaginado tantas veces diminuto recorriendo sus piernas suavemente, y entonces bajo lentamente, serpenteando por la cama y le beso la nalga derecha, con los dedos acaricio la goma de su tanga y empiezo a descender por su pierna lentamente, y nos callamos mientras le acaricio las piernas, entonces el mundo no pesa, el mundo no es nada más que esa habitación y mi mano en sus piernas, yo sé que puedo besarla y que nada puede distraerme de sus labios, en ese momento me siento bien, y si en algún momento se me pasa por la cabeza la idea de que algo pueda ir mal, yo agarro bien fuerte su pierna, apretándola entre mis dedos, y respiro pensando en que ahora nada puede ir mal.

Y esa es mi realidad durante unas horas, en su habitación, entre sus piernas. Luego me despido, dolido en medio de un abrazo que quisiera no terminar, y me voy a casa, a pensar en qué voy a hacer esa noche sin colgarme de sus piernas.

¿Cómo es posible
que un latido suyo,
un suspiro de su pecho,
la forma que tiene su mirada
de perderse en la mía,
el dejar caer de su melena,
su sonrisa rota,
el tacto de sus dedos,
un lunar de su pecho desnudo,
la agudeza de su voz,
tengan más belleza
que cada uno de los versos
que algún poeta ebrio
pudo escribir en la barra de un bar?

Quizá porque poesía
es ella.

Hoy te he visto más destructiva que nunca,
porque verte ha sido de hostia,
el carmín se escondía entre cada una
de las grietas de tus labios y
tus mofletes se alzaban cada vez que sonreías
dejando paso a los dos hoyuelos en los que
se podrían perder mil sueños
y ni siquiera querer buscarlos de lo bien que te sientan.

Cariño,
hoy estabas de hostia,
de pegártela de morros,
de comerte doce postes por verte pasar.
Falda de flores a la altura de la rodilla,
y toda una primavera aflorando en tu boca,
sonrisa de jazmines, tú eres todas mis ganas
de que el invierno nunca llegue.

Follar contigo

Follar contigo no es follar,
ni hacer el amor,
ni sexo.
Follar contigo es la hostia.

Descubrir partes de tu alma
que no sabías ni que podían sentir.
De rozarte los labios con la yema de los dedos
y sentir más escalofríos que en un orgasmo
con cualquier aquí te pillo aquí te mato
de una noche, de esas de soledad compartida.

Follar contigo es correrse a cada instante,
y no solo al llegar a la eyaculación.

Que el sudor sea frío,
y que nosotros estemos calientes.

De rompernos la garganta a cada jadeo,
aunque sea a la oreja en pianísimo,
más que por la intensidad del ruido,
por la de los sentimientos
que vibran más fuerte que cuerdas vocales.

Pero lo mejor de follar contigo
es el antes,
y el después.

Las ganas de antes, que no caben
ni apretadas en nuestras bocas.
El beso en la frente de después,
las piernas entrecruzadas,
las palabras sinceras,
las vueltas a la cabeza,
verte dormir.

Del antes me gustaba cómo me mirabas
cuando te quitabas la camiseta estando encima de mí,
como te sabías mi punto débil,
te aprovechabas de los besos en la oreja,

sabiendo que me perdían,
y, joder, puta adicción tus labios.

A cada trozo de piel que se quedaba desnudo
a causa de que tu ropa se caía, como caen
las hojas en otoño,
mis labios iban y la cubrían con besos,
abrigando la piel con piel, con calor,
con el roce de un corazón hecho labios.

De después, lo que más me gustaba de todo
era abrazarme a ti, y dejar mi cabeza sobre tu pecho.

El amor, supongo, es quedarse después del sexo,
con la oreja en el pecho, sabiendo que has podido controlar
cada una de las pulsaciones de ese indomable corazón.

No aguantaría que nadie te mirase con deseo, que tuviesen ganas de morder tus labios o acariciar tu espalda sin saber que, aparte de ser fuente de belleza escondes un secreto en el pozo de tus ojos, que la belleza que almacenas en ellos la sacas a cubos cuando sonríes. Y yo quiero creer que esos pozos son infinitos, porque de verdad sé que jamás dejarás de ser bella cuando sonríes.

Y hasta que nadie entienda que eres mucho más que unos labios que besar o unas clavículas en las que dormir, hasta que no sepan que cuando ríes un nido de cien mil pájaros anidados en mi estómago se revolucionan, y salen al vuelo como si pudiesen cambiar el sentido del viento con su aleteo.

Hasta que no sepan que oír tu voz a susurros por las noches puede calmarlos y dormirlos, hasta que no sepan que tu forma de mirarme después de sonreír los incita a dirigirse a mis manos y volar hasta las cosquillas de tu espalda.

Hasta que nadie sepa eso,
no te besarán como yo.

Hasta entonces,
regálame una noche más.

Déjame liberar cien mil pájaros sobre nuestros cuerpos cuando hacemos el amor, y observa cómo callan, porque hasta el animal más puro sabría que tus gemidos son la mejor armonía.

Regálame la última noche, hasta el día en que caiga el último pájaro y no tengamos valor de reconstruir el nido.

Hasta entonces,
regálame una noche más.

Ni yo necesito
siete cervezas
para decirte
que te quiero,
ni tú necesitas
irte lejos
para saber que
me quieres cerca,
pero así somos.

He sido feliz gracias a dos palabras,
he dejado de serlo por culpa de ninguna.

Lo he tenido todo en un solo beso,
y lo he perdido en un único adiós.

Me he sentido triste por nada,
y feliz por todo.

He llorado de alegría,
pero jamás saltado de tristeza.

Te he echado de menos
más tiempo del que he estado contigo.

He perdido calcetines,
trenes, monedas, papeles y personas.
Lo malo es que las últimas no se pueden sustituir por otras.

Me he quemado la mano
y la he vuelto a poner en el fuego
por la misma persona que jamás
me demostró más allá de palabras vacías.

Me ha decepcionado mucha gente,
pero jamás me ha dolido tanto como cuando me lo he hecho yo.

He hecho daño a personas que se merecían media sandía,
porque una naranja se les quedaba pequeña.
Todo por culpa de inseguridades y miedos.
Hablando de miedo,
he hecho daño a personas por tener miedo a hacerles daño.
Actuando bajo su efecto.
Equivocándome.
Como siempre.

He tropezado con una piedra que se veía a kilómetros.
Y aun así lo he vuelto a hacer.

He corrido detrás de personas,
con la necesidad de alargar la despedida.

Un último beso, un suspiro más de tu boca.
Un poco más de calor de tu cuerpo.

He mordido labios pensando en quedármelos para siempre,
he besado pechos enamorándome
del sonido que hace el corazón al bombear emociones.

Me he roto por dentro
sin necesidad de golpearme por fuera.
He tenido heridas que nadie ha sido capaz de ver.

He visto en unos ojos más pasión que en películas.
He sentido en una caricia más temblores que en un terremoto.
He besado lágrimas más vivas que el Nilo en pleno apogeo.
He echado polvos más explosivos que un Etna en erupción.
He sentido más en un abrazo
que en mil polvos con desconocidas.

He visto, sentido y vivido muchas cosas,
pero tan solo pienso en las que me quedan por venir.

La verdad es que nunca me importó quién fueses
ni de dónde vinieses,
tan solo cómo me hacías sentir
y a dónde pensabas llevarme.

La verdad es que nunca pensé en un «nosotros»
hasta el día que me di cuenta de que sin ti yo no,
no sonreía igual, mis ojos brillaban distinto
y descubrí que el aire, cuando no sale de tu boca,
tan solo es eso, aire.

Nunca supe lo que era estar roto
hasta que pasé un verano sin verte
ni sabía que a tantos grados
podía hacer frío, si eran tus brazos lo que echaba en falta.

Nunca supe lo que era echarle valor
hasta que me planté en tu casa
una tarde de diciembre,
y tuve que decirle a tu padre que bajases,
que necesitaba hablar contigo,
y casi me explotaba el corazón,
de vértigo,
de ganas de verte,
o de la multa que le pusieron a mi corazón
por exceso de velocidad,
o quizá por exceso de ganas de verte.

Los kilómetros
solo separan
cuerpos.
Lo que separa
a las personas
es el miedo
a intentarlo.

Llegaste como llegan las tormentas, tronando antes de hacerte ver. Haciendo ruido antes de saber que eras tú, dejando señales que hasta un ciego podría ver, pero yo no, solo veía lo que había más allá de tus ojos. Y yo no te esperaba, jamás te esperé, nunca pensé en que podrías suceder, y sucediste, como suceden las cosas que rompen las malas rachas, espontáneamente. Y llegaste. Llegaste y tronaste como truenan las tormentas, muy fuerte, a lo lejos, pero acercándote, y todavía no me estaba mojando, pero tronabas, y te veía, y llegabas, pero todavía no mojabas. Y volví a entender que las cosas llegan cuando menos las esperas, cuando estás de espaldas, te giras y ves dos lunas que parecen ojos, pero que no podrían serlo por su forma de brillar, y por la curiosa galaxia que forman las pecas que las rodean.

Y entendí que las rachas están para romperlas, las buenas y las malas. Que la estabilidad es para gente que se aburre, para gente que espera, sin darse cuenta de que esperar es lo mismo que morir. Que los esquemas también hay que partirlos, como la pata izquierda de atrás del sofá, haciendo el gilipollas hasta que no aguanta tantas risas, besos y movimientos que la física no podría entender. Que las promesas no hay que tocarlas nada más que para cumplirlas. Y que las palabras no son en vano, que hay que cuidarlas como quien cuida una planta, hacer que se sientan vivas dándole la función que merecen. Por eso tardé tanto en decirte «te quiero». Porque antes de quererte, me encapriché de ti, más tarde me gustaste y muy pronto me empezaste a hacer, conseguiste que te echase de menos, y finalmente me hiciste necesitarte, que es aquello que define el «te quiero», la necesidad. Y todavía sigo creyendo que el «te necesito» va por encima del «te quiero», ya dije una vez que «Siempre valoré más un "te necesito" que un "te quiero". Por eso no me la juego por quien no demuestra lo primero y me dice de sobra lo segundo». Y ahí entendí que sí, que te quería. Y que llegaste como llegan las tormentas, tronando antes de hacerte ver. Porque para mí los truenos son avisos. Los «me gustas», los «te extraño», los «te quiero ver». Y cuando llegaste, te hiciste ver, porque en aquel momento supe que eras tú, la tormenta adecuada. Y aunque tronaste mucho hasta dejarte ver, valió la pena. Porque ahora ya no me asustan las tormentas. Tengo tus piernas como refugio de huracanes. Tu ombligo como paraguas cuando llueven problemas y tu boca como pozo sin fondo en el que esconderme cuando no sé a dónde ir. Aparecieron un millón de «peros», y como siempre, encontré cien millones de respuestas en tus silencios. En lo que me decían tus ojos cuando salías de tu cuerpo para unirte al mío.

Ahora bailo bajo la tormenta con la lluvia, que eres tú.
Y tengo un paraguas por si algún día aclareces
no dejar que la luz del sol me impida recordar
lo que un día tú me hiciste ver.
Que las tormentas truenan antes de hacerse ver.

Llegaste como llegan las tormentas, y espero que te quedes como se queda la lluvia cuando cala.

Recuerdo una vez
que grité tan fuerte
que me escuchó
el mundo entero;

quizá no grité tanto,
quizá tan solo fue
un leve susurro,
en su oreja,

pero os aseguro que
en aquel instante
me escuchó lo que,
para mí,
era el mundo entero.

La vida nunca se detiene, quiero decir, a veces sí se acelera y ahí nada le importa, pero, joder, detenerse nunca, yo a veces lo intento, beso despacio y con los ojos cerrados, acaricio su piel a la madrugada en silencio o me paro a contemplar una puesta de sol hasta que se desvanece, pero no hay forma, la vida sigue y no se detiene.

Salimos de fiesta y nos comemos las noches creyéndonos los dueños de nuestras vidas con veinte añitos y somos felices somos felices, aunque la vida no se detenga porque podemos enamorarnos falsamente de todas las personas que nos crucemos por la calle, podemos bebernos todas las cervezas que quepan en nuestra vejiga y bailar hasta que nos duelan las rodillas. Somos felices porque tenemos todo lo que querremos tener con cincuenta años, somos felices porque no hay mañana, aunque nos despertemos todos los días viviendo en un hoy. No hay mañana porque solo pensamos en tomar, coger y a veces, solo si lo pensamos, en respirar.

El mundo no se detiene y las horas, los días, las semanas, el puto tiempo pasa, vas a un restaurante y te pides un lambrusco, una ensalada y de postre un *cheesecake* que te cagas, pero el tiempo sigue pasando. Y no nos quejamos, porque nos bebemos el vino, nos comemos la ensalada, disfrutamos del postre y no pensamos en que estos veinte añitos mañana quizá ya sean veintiuno.

Mañana quizá las cervezas ya no cabrán y de los bailes ya nos dolerán las rodillas y encima los tobillos.

Y yo qué sé, quizá solo debemos disfrutar el momento porque hoy estamos bebiendo lambrusco y comiendo ensalada y solo nos duelen las rodillas, y quizá mañana ya no serán solo las rodillas, serán los tobillos y serán los años.

Y ojalá siempre me duelan solo las rodillas,
ojalá las ensaladas y el lambrusco,
ojalá el *cheesecake*
y ojalá el tiempo no pase,
pero pasa y ojalá siempre sea hoy,
aunque nos despertemos mañana,
ojalá siga siendo hoy.

Necesitamos
personas
que nos
hagan
olvidar
el tiempo
que perdimos
con errores.

Podríamos.
Podríamos querernos en broma, esperando que se asome un poco la verdad.

Podríamos ser el polvo que hay en el desierto, infinitos digo.

Podríamos dejar de ser tú y yo, y no para ser un nosotros, sino para ser un todo.

Podríamos hacer locuras, como hacer el amor, por ejemplo, con tus padres en la habitación de al lado, ahogando todos los gemidos, esperando que no sea tan difícil como todos los «te quiero» que tuve que ahogar en el silencio, para no quedarme afónico.

Que podríamos matarnos lentamente, con miradas dulces y besos suaves. O podríamos hacerlo rápido con arañazos por la espalda y besos por el pecho.

Podríamos, pero no quieres. (O quizá es que no has llegado todavía, como mi valor, el que necesito para decirte todo lo que te he escrito, todo lo que he callado en mil folios, con tu nombre tachado, entre gotas de café e insomnio.)

Podríamos recorrer el centro de Barcelona, a oscuras, sorprendiendo a antiguas calles, que habrán visto historias bonitas, pero ninguna como la nuestra.

Que podríamos salir de fiesta hasta las tantas, bebernos hasta las bocas, y volver más contentos por tenernos que por todas las copas.
Que los viajes a solas en el metro están bien, pero con música de fondo sientan mejor, ¿y qué mejor música que tu sonrisa?

No quiero regalos caros, quiero regalos con valor, como tu tiempo, tus años, tu vida. La quiero toda, a mi lado.

Que quizá no te puedo dar los versos más bonitos, ni los más buenos, te lo aseguro, pero te puedo dar los besos más sinceros que hayan salido de cualquier pecho.

Y ya sabes que el verbo «poder» siempre me pudo. Quizá era mi punto débil. Como tú.

Y nos besamos.
Y yo la acaricié,
y ella me acarició.
Y nos sentimos.
E hicimos el amor,
incluso creo que flotamos
sobre la cama.

Y os juro
que en aquel momento
podríamos haber derribado
hasta el muro de Berlín.

Y entonces el mundo
fue menos mundo,
porque en ese instante,
mientras flotábamos,
solo existíamos nosotros.
Y las caricias,
y los besos untados
sobre nuestras espaldas desnudas.

Y la paz se volvió guerra,
y entonces
nos miramos, y estalló
el fin del mundo
o tan solo fue que
nos corrimos a la vez.

No somos
conscientes
de lo que
tenemos
hasta que
lo miramos
a los ojos
y nos damos
cuenta de que
lo queremos
para siempre
en nuestra vida.

Lo difícil no es tenerlo, es mantenerlo. Quiero decir, claro que se puede estar bien con una persona cuando la tienes delante y todo es fácil, claro que las palabras salen y puedes decir un «me gusta saber que, aunque no nos veamos mucho, cuando estamos juntos me siento siempre bien», lo que ya cambia es cuando tenemos que preocuparnos por esa persona cuando está lejos, los pequeños detalles, el te llamo de vez en cuando, el te mando un whatsapp para saber de ti una vez a la semana o cada dos, porque nunca he creído en que una relación del tipo que sea, amistad, pareja, amigos con derecho o lo que sea, deba tener como base referente mantener conversaciones constantes por mensajería, claro que podemos estar genial sin hablar todos los días, pero existe una preocupación mínima de vez en cuando por la otra persona. Porque en el punto en que eso solo sucede por una parte, cuando solo uno se preocupa por cómo está la otra persona, al fin y al cabo cuando la ve y le dice que le importa mucho ya no le da tanta importancia, porque dejar que vengan a verte, porque dejar que se preocupen por ti, porque seguir tu vida sin otra persona y meterla solo cuando esa persona dé señales de vida es muy fácil. Así que nada, quizá esto es un simple mensaje para recordaros que deberíais fijaros en quién realmente quiere teneros en vuestra vida y en quiénes se conforman con teneros cuando vosotros aparecéis después de hacer todos los esfuerzos.

Abrazos, Benji.

Diario de una pérdida

Día 1. Adiós

No se necesitan palabras para entender los actos de las personas, no ha sido un «me voy», pero te he visto marchar.
¿Sabes? A las personas no siempre las perdemos, la mayor parte del tiempo las dejamos ir. Y tú no te preocupaste mucho por que yo estuviese contigo. No sé cómo explicarme esto a mí mismo, porque ni yo mismo lo entiendo. Han pasado horas desde que he entendido que ya no somos nada, ni tú vas a volver ni yo voy a arrastrarme para que lo hagas.

Es triste intentar entender un final, porque solo entiendo de finales cuando la otra persona no puede volver.

Rezaré a un dios que no existe,
te escribiré cartas a una dirección,
en la cual ya sé que no me responderás,
llamaré a todos tus teléfonos rotos,
para que entiendan cómo estamos nosotros,
romperé todos los folios, quizá no todos,
solo en los que te lea entre líneas.

Bailaré solo
nuestro último baile.

Beberé solo todas las lágrimas
que vaya a llorar por ti.

Me da miedo
la gente que
es capaz de
hacerte feliz,
porque eso
les otorga
la capacidad
de hacerte
doblemente
triste en
el momento
que se vayan.

Día 2. Resacas

Ayer no bebí ni una gota de ti, creo que esa es la peor resaca que puedo tener. Ya no desemboca en tu pecho mi sonrisa, ni bebo de tus labios las palabras que anteriormente nos prometíamos. No despierto entre tus sábanas, ni bailamos borrachos por el piso.

Ayer no derramamos ninguna cerveza sobre tu falda.

Ayer derramé, ninguna cerveza, sobre ninguna falda.

Quizá, ayer, solo fueron lágrimas.

Pero tampoco fue tu falda.

Me he despertado con dolores por todo el cuerpo, que, deduzco, solo pueden ser curados por aquello que extrañamos. Eres mi peor resaca. Tengo la cabeza que me estalla, todas las palabras revolucionadas pensando en volver al pasado a decirte todo aquello que no se atrevieron a escupir. Tengo temblorosas las yemas de no tocarte. Las uñas asustadas por no rasgarte. La voz dormida por no gritarte, y este ven que se hunde hacia dentro porque no encuentra más salidas que ahogarse.

Cariño, dame un trago de tu voz antes de que esta resaca me recuerde que mañana tampoco será tu cama, y que hoy tampoco serán las cervezas, y, cariño, hoy tampoco serán las cervezas, hoy serán las lágrimas.

Día 3. Asumir. Paso I

Llevo doce cervezas y aún sigues ahí,
doliendo.
Llevo trece cervezas,
y de lo único que me he dado cuenta es
de que no queda cerveza en casa
ni en el bar de la esquina,
tan siquiera en todo este puto mundo,
en ninguna de esas jodidas estrellas,
y mucho menos en esta maldita galaxia,
que me sabe, ahora mismo,
después de ti,
después de que ya no,
de que tú ya no,
tan jodidamente amarga.

Nunca habrá suficiente cerveza,
ni para que vuelvas,
ni para que no te vayas
y tampoco para que nunca hubieses sido.

Nunca habrá suficiente cerveza
para tu ausencia.

Día 4. Consecuencias

Llevo cuarenta y seis horas sin dormir, me pesan los ojos tanto como el cuerpo, deambulo por la casa en busca de cerveza, voy al baño, a la ducha y otra vez la cerveza y si no es el sofá, vuelvo a la cama.

A la cama... que ya ha tomado mi forma, comienzo a confundir mi piel con las sábanas, cada vez más áspera, y si hago silencio y escucho con atención los poros del colchón, solo se escuchan susurros de nostalgia.

También te echa de menos.

Lo único que consigo discernir entre mi piel, la colcha y el colchón es que ninguno me hace sentir como tu epidermis dándome el calor del cual no entienden las ropas.

Echo de menos el silencio.
El silencio que habitaba en nuestra cama cuando solo las manos hablaban, yo te rascaba la cabeza y tú te dormías entre mis brazos. Me despertaba con el brazo dormido a media noche y reía por dentro por lo idiota que parecía intentándolo sacar, cariño, suerte que no me estás viendo. Pero ahora entiendo que no me verás más y lástima que no lo hicieras en su momento.

No soy un entendido en esto de vivir, pero de sufrir empiezo a comprender ciertas cosas, sé que los ríos no tienen horarios y cuando desbocan los lagrimales es imposible, por voluntad propia, hacerlos volver a su caudal.

Tengo que decir también que me estoy calando por dentro, que normalmente las lágrimas desahogan, pero es que estas parecen espinas que nacen hacia dentro, me estoy matando.

Vuelve, no sé qué hacer con todos estos besos que se están amontonando entre la ropa sucia y las latas vacías de cerveza barata.

Todos
tenemos
caminos
que elegir
y hay
que saber
qué o
a quién
dejar
atrás.

Día 5. Sobrevivir

Sobre vivir te diré que
como por comer.
Como por no morir.

Bebo por beber,
por poder llorar,
por poder dramatizar,
por no poder asumir que

sobrevivir significa

estar cada día más muerto,
pero no morir.

Día 6. Pecar en nostalgia

He pecado, he estado leyéndote,
leyendo mensajes de cuando todavía estabas,
cuando nos queríamos en plural
y solo nos dolían las barrigas de reír.
Ni el pecho por vacíos,
ni las pupilas por desagües.

He vuelto a leer el primer «te quiero» que me dijiste,
no en pantallas, ni en papel,
sino en los recuerdos que afloran en mi piel.

Ahora me sabe a carta de defunción,
a tostadas quemadas,
a cenizas en la boca,
a flores muertas,
a café frío,
a nada.

Este es mi último «vuelve»,
te lo prometo de corazón
(que no tengo ya).

Día 7. No es lluvia, cariño

Aún no he salido de la cama, llevo horas envuelto en lágrimas pensando en cuántas derrotas conllevan una pérdida, si con tu pérdida son todo derrotas.

No tengo más remedio que salir de la cama, balancear mi cuerpo hasta la cocina y comerme el último paquete de jamón cocido que queda. Seguir deambulando hasta el baño y meterme, casi obligado por mi subconsciente, en la ducha. Es uno de mis sitios favoritos, cuando siento que el agua se desliza por mi cuerpo, cuando siento que soy yo quien controla la temperatura, cuando, entonces, siento que desconecto de todo, pero hoy no hay música en mis duchas, no hay cantos estridentes ni jadeosas masturbaciones. Hoy tengo la alegría de saber que bajo el agua de la ducha nadie es capaz de verme las lágrimas. Pero a quién pretendo engañar, si mi rostro, alargado y fúnebre lo dice todo.

He perdido duchas contigo, historias que contar, pero sobre todo, y de lo que más me arrepiento, es de todo este tiempo que estoy gastando en echarte de menos para que acabes no volviendo.

Verano fue
la última noche
que dormí
entre tus
brazos;
todo lo que
vino después:
frío.

Día 8. Huelga de luz. Vuelve

Ya son cuatro los días que llevo sin salir de casa, no me quedan rincones en los que guardar tristeza y me tropiezo con todos los recuerdos que vomito por no poder digerirlos.

He encendido el móvil, tengo trescientos mensajes y ninguno tuyo, la mitad preguntando por un bienestar que no aparece en mi diccionario. Se ve que lo borraste en la última reedición. Qué más da el móvil, qué más da la vida, qué más da el escribir, qué más da si quien más daba eras tú.

Qué más da, si lo jodido de querer es que no nos damos cuenta de lo alto que estamos hasta que abrimos los ojos para ver la caída.

Creo que voy a masturbarme hasta que me duelan las manos de pensarte.

Quizá debería ducharme otra vez, ya verás que así ni te enteras de que estoy llorando por ti.

Este es mi último «vuelve»,
te lo juro, te lo juro por toda la estabilidad que tengo ahora mismo.

(Ven ya,
que caer no tiene gracia si no es en tus abrazos.)

Día 9. La adolescencia no está tan mal

Suena el teléfono...

—Hola.
—Hola, cariño, ¿cómo estás?
—Genial, mamá.
—Tienes la voz extraña. ¿No estarás enfermo?
—Me encuentro algo mal, pero todo va bien, no te preocupes.
—Papá y yo llevábamos días sin saber de ti, nos preocupas.
—Lo siento, simplemente no he tenido un buen día. (Ni días, justamente unos nueve.)
—¿Necesitas algo? Sabes que me tienes para todo.
—No, mamá, tengo que dejarte.
—Vale, cielo, hablamos pronto, y cuídate.

Mientras secaba la primera lágrima que desbordaba de mis ojos aquel día, pensé en todo lo que es la vida. Crecemos en una casa, con una gente que nos cuida y nos quiere, pasamos la infancia jugando, nada destacable ahora mismo, y nos introducimos en la adolescencia. Un montón de hormonas, ganas de besar, saltar, reír, correr, corrernos, volver a besar y, claro, amar. Ahí viene el problema, queremos amar y ser amados, queremos querer y queremos mucho y también queremos a quien no debemos, me gustas tú, y a tú le gusta él, ¿y quién es él? Cualquiera menos tú.

Así con la adolescencia, pero cuidado, porque después es peor. Al menos el daño de que no te quieran es más leve que el de que dejen de hacerlo.

Día 10. Ahogarse

Hola, soy yo, otra vez, te escribo tan solo para decirte que no te imaginas lo que pesan las alas cuando nadie te las hace batir. Llevo una semana sin volar, y todo es caída, no sé si todo este dolor es tocar fondo, o simplemente acaba de empezar.

Tengo el cuerpo lleno de temblores, que no escalofríos, llenos del pánico que puede crear una persona al irse sin amenazas de volver. Hace frío en esta página y no consigo pasar a la siguiente.

Te echo mucho de menos, y no hablo de extrañarte en mi cama, en la gran parte de mis risas o en la totalidad de mis orgasmos, ya fueran contigo o sin ti. Te hablo de que faltas en mi vida.

¿De qué sirven los pulmones cuando no tienes aire para respirar? Me estoy ahogando.

Día 11. No sé, un poco la vida sin ti

No es un hospital, mucho menos un centro psiquiátrico y tampoco parece un cementerio. Entonces, ¿por qué esta cara larga? Solo es mi habitación, quizá estoy un poco herido, me estoy volviendo algo loco y me siento un poco muerto, pero sigue siendo mi habitación y ya no hay fotos en las paredes ni huele a café después de comer. Tengo toda la ropa en el suelo y un montón de besos por dar.

¿Sabéis a qué huele un libro nuevo?

Pues olvidaos, el mío es viejo y se está quemando.
Jamás podrás pasar una página que se haya quedado hecha cenizas en tu comedor.

Quizá podrás cambiar de casa.

Bailar descalzo sobre su tumba. O al menos la de tus recuerdos.

Besar botellas.

Vivir cuentos, esquivar finales, sonreír el instante antes de la hostia.

No sé, un poco la vida sin ti.

Día 12. Esperaré

Ayer, ya exhausto de respirar el mismo aire que sale de mis pulmones, para quedarse en mi cuarto y terminar volviendo a mis pulmones, salí a tomar algo, fui al bar de siempre, y hasta el camarero me miró como nunca. ¿Tanto se nota el suicidio en mis andares? El ir a buscarnos donde sé que no estaremos, donde no voy a encontrar más que puñales rajándome la piel en nombre de la melancolía.

La necesidad de llenar mi cuerpo de cualquier cosa que me ayude a moverme, porque en esta gasolinera no puedo pagar el precio de las ganas que todavía te tengo. Me queda la cerveza, la cerveza ayuda, pero es como darle morfina a alguien que lleva veinte años doliéndose. ¿Cuántas cervezas solo equivalen a un beso contigo? Perder el conocimiento no servirá jamás para perder el conocerte. Y casi que menuda lástima y no veas si lastima.

Acabé con todo el dinero de la cartera y fui a dormir, a casi estrellar el teléfono contra el suelo por no hablarte.

Esperaré el quedarme dormido con la última cerveza en mano. Esperaré el no despertar. Pero sobre todo esperaré el no derrumbarme al ver que no estás si lo hago.

Seré breve:
ojalá
estuvieras aquí.
O deshaciéndome
de la brevedad:
ojalá
te quedes.

Día 13. Resacas II

Jodida resaca, casi que te aprecio, por un instante, en lo que se queja uno y da una vuelta por la cama, en lo que se tarda en darle un giro de trescientos sesenta grados a tu vida para que siga siendo la misma mierda, en lo que bostezo y me estiro para volver a encogerme en la cama, en ese instante que dura lo que duran los suspiros, en ese puto instante que no significa nada para esta vida, he conseguido no pensar en ti.

Y creo que eso ha sido todo por hoy.

Un montón de mierda, encender la televisión para quedarme mirando por la ventana, masturbarme dos veces, comer frío y sentirme más aún.

Día 14

Son las cuatro de la madrugada y te he escrito algo, no, no es una petición de retorno, suena casi a súplica y no veas cómo duele arrastrarse.

Déjame, por favor.
déjame llevarte lejos,
donde no llegue el sol,
donde los gallos no cacareen,
donde la comida no brote
y las noches no existan.

Déjame llevarte a cualquier sitio
dondequiera que sea,
pero que estando
a más de un beso de distancia
nos sintamos lejos.

Donde tú seas la única
que consiga amanecer como el sol
y hacerte luz para todo mi mundo entero.

Donde los pájaros no píen
por haberse quedado con la boca abierta
contemplando cómo amaneces desnuda,
y ansiando,
aunque ni una pequeña parte
de todo lo que deseo yo,
hacerme un nido
en el hueco de tus clavículas.

Donde nos abastezcamos
solamente de nuestras dudas,
que seamos salvajes
y nos comamos las carnes crudas
con las manos,
y las bocas con las ganas
del que rompe una dieta,
sin salsas ni sal,
tan solo a modo de caníbal.

Y que tan solo se haga de noche
cuando cerremos los ojos
para besarnos,
y que se oigan grillos,
y búhos,
y al mundo entero
envidiando la forma
en la que nos hacemos el amor.

Salvajes,
como si jamás hubiésemos conocido
otra forma de querernos que la más pura,
la de la naturaleza,
el querernos sin ropa ni prejuicios,
más allá de palabras.
(Joder, sin necesidad de versos.)

Perdernos los dos hasta el punto en que
si algún día nos encontramos,
tan solo veamos dos cuerpos
unidos por una misma alma.

Vuelve, que, aunque parezca que sí,
todavía no estoy muerto.

Qué triste
ese momento
en el que
te das cuenta
de que
en vez de estar
los dos
dando el 100%
estás tú
dando el 200%
para sentirte
como
un idiota.

Día 18. Sentimientos rotos

Me siento roto, a medias, incompleto. Hoy me he mirado al espejo y me he visto igual que siempre, quizá con las ojeras más largas, y casi arrugas en las comisuras de los labios de no sonreír. Me he mirado al espejo, pero estaba igual. Así que, como un cuerpo sin alma, un barco sin vela, un coche sin motor, una margarita sin pétalos o una pelusa sin viento, me he arrastrado, no por el movimiento de pies vago y unánime, sino por el roce que produce mi autoestima con el suelo. Y ha sido entonces, al dejar caer mi cuerpo sobre la cama, cuando entre el sonido del golpe seco que deja un peso muerto al caer contra el colchón y el recuerdo, aún más seco que la última ginebra que apuré entre dos hielos, me he dado cuenta de que cerrando los ojos he sentido el cambio. He podido sentir el vacío, como si se hubiese hecho tangible para aparecer en mi habitación y recordarme que me falta algo.

Ha sido entonces cuando me he sentido roto, falto de algo, incompleto. Como un pájaro sin alas, un galgo sin patas, un mero sin branquias, un enero sin frío o un sueño sin fuerzas para ser cumplido. Me he sentido flotando en la parte vacía del vaso, herido como si este estallara contra el suelo, ahogado como si olvidase nadar. Me he sentido roto. Mis sentimientos heridos.

Broken feelings
like the sun is breaking every evening,
like the light when it goes away,
like the feeling that this is going to come back,
but it will never be the same light.

Broken feelings like the glass that's falling down
and you feel the pain before it crashes,
broken feelings are inside every lie you trust,
every kiss that I gave you and I finally know that it all was fake.
Broken feelings are inside
every doubt that now you have.

Día 19

Me reduzco a escribirte sabiendo que no me vas a leer. Me reduzco a escribir para saber que estoy vivo. Asumiendo así la escritura como la masturbación del alma en la necesidad imperativa de eyacular sobre el papel.

Ya no sirve que la cama tenga dos lados,
aunque los llene entre mi cuerpo vacío
y el hueco que dejaste.

Entre las penas que amontono y la mano que se acostumbró a descansar sobre tu cintura, ahora cuando duerme no parece soñar, cualquiera la daría por muerta. Allí donde solíamos volar, cuando el sexo era quererse en alma y carne.

Cuando besarnos era entregarnos cartas sin remitente al que podérselas devolver, eran besos con billete de ida sin vuelta. Entrega sin retorno. Sin arrepentimientos.

Pero no,
ya no.

Me sobran
motivos
para echarte
de menos;
pero de ahí
a que te lo
merezcas
hay un mundo.

Día 20

Asumo que he perdido la cuenta de palabras que llevan tu nombre, de montones de cervezas que he bebido y de las horas que llevo sin comer.

Sí, es lo que parece.

Te estoy echando de menos.

Y no sé en qué idioma decírtelo.
Ni con qué tipografía.
Mucho menos con qué voz,
porque no me sale ya.

Sí,
les sigo hablando de ti a mis amigos.
Pero ya no,
ya no eres primavera,
ni luz, ni nada.
Ni tan solo lluvia de verano
que con gotas acaricia.

Les he dicho que ahora eres tormenta,
y del frío que has dejado
estás empezando a granizar.

Día 23. Decidle a Neruda que ya no tiritan los astros azules a lo lejos

Decidle a Machado que ya hay camino al andar, porque carecen las ganas de hacer algo que no sea extrañar.

A Alberti que tenía razón, nunca seré de piedra, y mucho menos estable, y si es necesario, quizá hasta preciso, seré un maldito caos de lágrimas dolidas.

Decidle a Bécquer que ¿cómo sabré qué es poesía? Si ya no se clava en mi pupila su pupila azul.

Haced saber a Benedetti que ya no será de buen gusto el insomnio, porque ya no yacen sus curvas en los lares de mi cama al desvelarme.

Y decidle al tiempo que acertó Borges en su medida, que esta se divide en estar o no estar contigo. Y qué más da lo segundo cuando se tiene lo primero, y qué más duele lo segundo cuando no se tiene lo primero.

Y la razón no pudo ser quitada a Cortázar, porque te quiero, te quise y temo que te querré aunque no estemos destinados a ser.

Decidle a Rubén Darío que ya no es la princesa quien está triste, quizá ni el príncipe, y tal vez tan solo sea un pobre mendigo, demandando el amor que le desahuciaron.

Y ahora, después de mancillar las palabras de quienes sabían lo que decían, tan solo diré lo único y justo que yo sé con certeza, decidle a ella que vuelva. Que estrechamente mis labios se separan para decir eso, y nada más. Decidle que vuelva, pero que esta vez nos vamos a querer de cero, aunque tengamos que cargar con todas las erratas sobre la espalda. Ya nos curaremos a besos y sentidos regresos, porque lejos solo están aquellos que deciden no volver.

Día 24. Hoy la he visto, he sentido muchas cosas, pero realmente no ha sido como esperaba

Porque contigo todas aquellas películas de domingo tarde siempre tenían el mismo final, empezaban como un drama y luego todo se solucionaba gracias a tus piernas. Una vez aguantamos más de quince minutos sin besarnos, y me sorprendí, pero gracias a ti la película volvió a acabar como era deseable. Porque te colabas bajo las mantas, las ropas y las pieles, y me acariciabas como gata en celo, ronroneándome que te quisiera, sin saber que yo siempre te contaba lo mucho que lo hacía, pero con los ojos.

Nos retorcíamos juntos, como el yin y el yang, complementándonos y completándonos.

Nos hacíamos cosquillas más allá de las risas, donde se cruza el amor con la felicidad, y explota todo. Me sabía todas tus mentiras de memoria, como el «¡para para!» cuando te hacía pedorretas en la barriga y no podías parar de reír, o cuando me decías que podría encontrar a alguien mejor, vamos, joder, todo el mundo sabía que para mí no existía nadie mejor. Pero era una excusa muy buena para que te comiera a besos. Nunca te fallaba.

Siempre conseguías que se nos corriesen las bocas de tanto sonreír. Lo hubieses conseguido hasta sin tocarnos. Pero bueno, todos sabemos que imposible era no tocarnos teniéndonos las ganas tan cerca. A punto de fricción. Y casi de ficción era aquello, jamás me creí tenerte, me hubiese pellizcado la cara veintidós veces por día, y cuarenta y siete los que te veía, para creerme que eras real. Que me estabas pasando.

Espero que sepas que tú, mientras eras tú,
siempre serás mi película favorita.

Porque ahora eres alguien que no me recuerda nada a quien me mataba a besos y hacía que matase por esos. Ya no te echo de menos, a ti ya no, a veces sí que lo hago a lo que fuimos y tuvimos, porque aquello fue especial, mágico, de verdad. Pero seguro que tú no eres ya aquella chica y quizá yo tampoco ese chico.

Te recuerdo bonita. Siempre te recordaré bonita. Besos y abrazos a lo que fuiste cuando lo eras todo.

Los "para siempre"
son de cobardes
que necesitan prometer
futuros
sin saber
mantener
los presentes.

Día 26. Que le den a la poesía, estoy en la mierda

Tengo un corazón bulímico que vomita recuerdos.
Más que nada porque no le gusta verse gordo de mentiras.
Tengo un corazón pasa,
que quedó seco después de que me quitasen
todas las ganas de querer a base de decepciones.
Tengo un corazón con Parkinson,
que todavía tiembla cuando oye tu nombre.
Tengo un corazón analfabeto,
porque no recuerda ni siquiera
qué otras letras hay aparte de las de tu nombre.
Tengo un corazón resacoso de los besos que me diste.
Tengo un corazón suicida que tiende a reventarse
en mil pedazos cada vez que alguien lo hace latir
con un beso al doble de su velocidad normal.
Tengo un corazón térmico que conserva el calor que le dan. Y, en su defecto, conserva el frío hasta quebrarse helado.
Tengo un corazón hipocondríaco
que siente que está roto a la primera caricia.
Pero tan solo es el miedo a perder,
que suena a cristales rotos.
Tengo un corazón tan roto
que en cada pedazo tengo guardada una historia
que contribuyó a mi big bang emocional.

Tengo una mentira en los labios, cuando digo que todavía tengo corazón. ¿A quién pretendo engañar? Con las pérdidas se convive, pero uno nunca acaba de superarlas.

Día 28. Superarlo

Estar mirando las fotos que sube y alegrarse de que sea feliz, aunque sea sin ti, es haberlo superado, ¿no?

Sí, joder, me alegro de que sea feliz, cómo la quise, aunque ahora... pero cómo la quise joder.

Día 29. Mentiras

17 horas.
42 minutos.
23 segundos.

Es ahora cuando me doy cuenta de lo que duró mi última mentira, han pasado dos meses y aún no me hago a la idea de que pueda ser feliz sin mí. ¿Es que no pasa mi imagen por su cabeza? ¿No tiene impulsivas ganas de abalanzarse sobre el teléfono y escribirme? ¿No piensa en lo fría que está la cama cuando se duerme con una ausencia?

¿Habrá otro?

Me alegro de que sea feliz,
pero no me alegro de que lo sea sin mí.

Día 30

Sabes que no te queda nada cuando no sientes, siempre he dicho que es mejor sentir dolor que no sentir nada y, bueno, yo sentía dolor, me quedaba todo el dolor del mundo por delante, quizá soy un poco dramático y no era para tanto, pero me quedaba algo.

No era uno de esos pobres desgraciados a los que no les quedaba nada, no sé, al menos podía aspirar a beber cerveza pensando en lo que tuve mientras mis amigos comentaban el partido del Barcelona de la última noche. Mi partido de la última noche fue una derrota en toda regla, más que nada porque jugué solo.

Yo sin ti

Creías.

Poeta, alma en pena,
quizá mártir del amor,
o simplemente pedazo roto
de corazón sangrante.

Dime, cuántas veces has borrado
más de lo que has escrito.
Cuántas veces has ahogado una lágrima
en una palabra,
la has encerrado y dejado atada
y con ella un nombre, culpable,
llámalo asesino, si quieres,
de tus versos y penurias.

Cuántas veces has bebido a morro,
y la cerveza te ha sabido a recuerdo,
más que a cebada.

Cuántas veces has leído las cartas
que le escribiste,
y el nudo en la garganta
no te ha dejado llamar al fontanero,
para que se encargase de las goteras.

Cuántas promesas contigo mismo has roto
diciéndote:
«Esta es la última vez que te escribo».
Cuántas bocas has besado,
y te han sabido a boca,
en vez de a cielo.

Cuántas pesadillas has tenido
creyendo que seguías agarrado al mundo
con tan solo coger su mano,
en las que creías no tener vértigo,
hasta que te la soltó.

Creías que nada dolía,
hasta que dejó de curarte las heridas.
Creías,
pero ya no.

Despierta.

De cien promesas me rompiste hasta mí.

Empezando por la de amanecer juntos, aunque no fuese despertar, sino trasnochar, por culpa del insomnio que me provocaban tus labios. Llámalo ganas de llenarnos, más que se llena la luna, y de brillar, más que brillan las estrellas, de besarnos hasta que el sol nos cubra de luz y ya no solo sean ganas las que nos amanten. Con las bocas sabor a alcohol y miradas felinas, de gatos en celo, pero sobre todo los míos, sobre todo los de Barcelona al ver que brillabas más que ella un 25 de diciembre.

Los desayunos sin diamantes, sin ropa, pero con ganas, las nuestras, las de querernos contra la pared o agarrados a las sábanas, las de morderte el culo al verte revolcar por la cama. De calentarnos con las piernas, de ponernos la piel de gallina con caricias, de tocar el cielo sin salir de la cama y de rompernos un poco a cada silencio que nos quedamos mirándonos, contando segundos que se hacen eternos entre besos y latidos.

De hacer tostadas y café, de besarnos hasta que se nos quede frío, de tirarnos en la cama y caer por el lado de la mantequilla, pringándonos, como siempre, comerte a lametazos la mermelada de fresa, de tu boca o de tus labios. De tirar los cubiertos y comernos con las manos.

Las de querer comernos el mundo empezando por nosotros y quedarnos con hambre. De hacer la cama pensando en deshacerla una y otra vez, contigo encima y el mundo lejos.

Me rompiste hasta las duchas de agua fría, pero más calientes que el roce cerilla-caja, con más llama que el clipper, con más pasión que besos de reencuentro en películas americanas, sí, las de amor barato, del falso, el del todo irá bien pase lo que pase. Del que no sirve ni para limpiarse los mocos.

Lo de hacer descenso por tu espalda, recorriendo a besos tu columna, de saltarte los vellos y ponértelos de punta, de acabar mordiéndote el culo y acariciando tus piernas, de notar cada vez más el calor, de tu corazón hasta tus muslos, abiertos al encaje de mi cabeza, de hacerte llorar, pero sin lágrimas.

De quedarnos con hambre y comernos nuestros problemas, de tener a alguien con quien contar, y que no sean números, sino hechos y momentos, un pecho en el que soñar, o unos labios en los que dejar saladas lágrimas. De poder con todo, o que me puedas del todo.

Que acabases siendo mi talón de Aquiles, mi punto débil, la sonrisa que me crea dependencia, o la cintura que encaja en mis manos. De cerrar la puerta de mi corazón con llave y pestillo, y dejar que la guardes tú. De volar sin alas en tu cama, o de estrellarnos juntos. De dejarme disparar si eres tú quien me apunta al pecho, y de que sean mil los clavos que me dejes clavados.

Y después de haberme roto a mí, me rompiste los esquemas y todas y cada una de las promesas. Me pisaste fuerte y me dejaste la suela de tus zapatos marcada en el corazón. Los pedazos quedaron hechos ceniza y la ceniza hecha polvo; no quedó nada, quizá un poco de café para uno y desconfianza para veinte.

Ahora ando pisando corazones con los pies desnudos, pisando flojito y con delicadeza, como cuando tocas la arena de la playa con pies descalzos y aprietas los dedos para que se te meta la arena entre los dedos. He aprendido a besar heridas y a tapar agujeros que en su día dejaron clavos mal clavados, pero todavía no he aprendido a clavarme sin que me la claven.

No sé, quizá la vida no sería vida sin dolor, sin que doliese no seríamos nada, y sin ti la vida duele más, así que supongo que gracias por hacerme ver que estoy vivo. Aunque para la próxima podrías doler de pellizco a ver si despierto, en vez de pisada en el pecho a ver si me hundo.

GOLON RINA
FOSFOR MADERA

Recuerdo
el día en el que me llamaste llorando,
el día en el que tú y yo estábamos a seiscientos kilómetros,
el día en el que, por fin, me dijiste «te quiero»,
el día en el que yo también lloré,
el día en el que después de vernos casi cada día,
ya no más.

Recuerdo
el día que me sentí tan pequeño e impotente
que me quedé sin respiración
al menos tres meses.

Recuerdo
que tuve tus labios cerca
las mismas veces que tuve miedo a besarlos,
recuerdo asumir la derrota de la batalla que era besarte
con tal de no aceptar la guerra perdida de tenerte.

Recuerdo ese día
como el día en el que condené
a los mayores cobardes de la puta historia.

Y tan puta y tan cobarde
que jamás será estudiada.

No te creas
tan importante;
ya he llorado
por otras
personas
antes de ti.

Es imposible que todo vuelva a ser como antes

Sé que esas tardes que nos pasábamos horas y horas hablando, con miradas que mataban, quedándonos embobados mientras nos perdíamos en nuestras pupilas, con las manos agarradas, apretadas bien fuertes, tú creías que era por el frío, pero yo apretaba porque no quería perderte, no quería que te fueses de mi lado.

Las mejillas sonrojadas, ese color entre rosado y anaranjado que se te ponía cada vez que te recordaba lo bonita que eras, cada vez que te decía que quería pasarme todas las tardes de mi vida así, contigo, bajabas la mirada y se te escapaba una sonrisa, esa sonrisa tan dulce que te caracterizaba, te me echabas encima y me abrazabas, y por mucho frío que hiciese, y por mucha ropa que llevase, en ese momento, si me sentía cálido era por ti, me sentía protegido, nada me importaba, solo quería que tus brazos siguiesen rodeando mi espalda toda la vida.

Me encantaban esos segundos de silencio, donde nos mirábamos fijamente, sin decir nada, con media sonrisa, y la respiración parada, esos segundos antes de que me acercase a tus labios, tus carnosos labios, que se te cortaban con el frío y que te hacían las grietas más bonitas que jamás había visto, después de esos segundos que se me hacían como siglos, posaba mis labios sobre los tuyos y tú me agarrabas y me apretabas contra ti, esos besos lentos, en medio de todo aquel frío, esos besos calientes, húmedos y que me sabían tan bien.

Mataba por esos besos

Me jode tener que asumir que esas tardes ya no van a volver más. Me jode tener que asumir que las cosas cambian y que nada es como antes, que la gente viene y va, y que nada es eterno. Llamadme idiota, pero me daba igual todo, yo solo quería que ese momento fuese eterno, y no quería nada más. Una eternidad contigo.

Quizá la culpa es nuestra, por no luchar por lo que queremos, por no abrir los ojos y decir «te quiero» y me voy a tragar todo el orgullo del mundo si hace falta por ti. Pero también hay que ser conscientes de que hay cosas que no pueden ser. Que yo no puedo seguir luchando por alguien que no lo hace por mí.

Y aquí me tienes ahora, después de todo, después de tantos momentos, pensando en ti. Como si eso fuese a hacer que volvieras, como si así todo volviese a ser como antes, como si eso fuese posible.

Intento evadirme en otras personas, pero, después de ti, nadie me ha besado con tanta dulzura, nadie ha sabido acariciarme la espalda como tú lo hacías, nadie me acaricia el pelo mientras me susurra que me quiere, nadie consigue hacerme sentir como tú me hacías sentir, sentirme completo, que no me falta nada, porque todo lo que quiero eres tú.

Ahora explícame, ¿cómo voy a olvidar a quien me hacía sentir así? Dime, ¿cómo voy a encontrar a quien me haga el amor con tanta rabia como tú? ¿Quién me va a dejar sus marcas por el cuello, las uñas en la espalda y todas esas sensaciones? ¿Quién?

Intento buscar respuestas, pero la única solución que veo eres tú. Y, chica, ya no sé qué hacer.

Quizá soy un iluso por creer que alguien me va a querer como lo hacías tú. O, más bien, creo que nadie te va a querer como lo hacía yo.

Espero que a ti te vaya mejor sin mí de lo que me va a mí sin ti.

Es inútil tener una cama para dos,
si un lado va a estar frío y no será
a causa de que estés encima de mí.

Aunque llene los dos lados de ella,
entre mi cuerpo vacío y la montaña
de teechodemenos que vomito en lágrimas.

Entre las penas que quedaron en ella
y mi mano izquierda, que se acostumbró
a dormir sobre tu cintura,
porque no había mejor sitio para soñar
que en la cima más alta de tus curvas.
Y ahora, cuando duerme,
más que soñando se la ve muerta.

Allí donde solíamos volar,
cuando el sexo
era quererse más allá de las carnes,
del alma y de la vida misma.
O simplemente, cuando el sexo, contigo,
era vida.

Cuando besarnos era más
que una incitación al pecado,
una entrega de cartas sin remitente,
porque nos dábamos besos de ida,
sin vuelta, porque se quedaban a dormir
para siempre, en cada centímetro de piel
donde eran sellados.

Y ojalá mudásemos de piel como serpientes,
ojalá doliese menos arrancárselos de ella,
aun sabiendo que si se quedan también dolerán.

Los vecinos no preguntan por ti,
pero mi almohada ahora solo tiene lado frío,
añora el calor que desprenden tus besos,
y lo más triste es que ya no recuerda tu olor,

y aún peor es que yo todavía no sé cómo decirle
que no vas a volver.

Que ahora sueñas en otras camas,
que erizas otras pieles,
que ahora es otro el que desabrocha
tu cinturón,
ahora besas otros párpados,
curas otras heridas
y despiertas a otros vecinos.

Mi cama ya no huele a ti,
mis sábanas no se me enredan
como hacían tus piernas,
mis manos no saben quererme
como las tuyas, dicen que sufren
de torpeza emocional,
que padecen de amnesia,
han desaprendido a querer
y tan solo necesitan a alguien que las enseñe
que para volar no se necesitan alas,
tan solo cerrar los ojos
y muchas ganas.

Con
los años
se aprende,
pero con
los daños
no se
olvida.

Estoy convencido de que las ciudades también echan de menos a las personas. Igual que ese banco en el que nos pasábamos las tardes tú y yo, ahora se debe preguntar qué ha sido de tú y yo. También sé con certeza que ella era tan bonita que las ciudades se enamoraban de ella y no al revés. Cuando se levantaba de los bancos y se iba, estos, locos por su culo, me preguntaban por su regreso. Y les decía que eso siempre era lo que yo quería saber cada día cuando se difuminaba en la distancia.

De la misma forma sé que los momentos también se enamoran de las personas. Y que el de nuestro primer beso todavía nos estará extrañando con una sonrisa de idiota puesta en la cara. Como la que se me quedó a mí aquel día. También sé que al tiempo se le cae la baba cuando la ve andar. Y tiene envidia de que sus agujas no puedan competir con sus piernas. El tictac contra el contoneo de sus caderas. Y siempre gana. Ella siempre gana. Y lo peor es que no lo sabe.

Una vez ganó al viento sin quererlo. Recuerdo aquel movimiento de cabeza que hizo que su melena se balancease por el aire creando el mayor tornado de sensualidad jamás desprendido por nadie ni nada. Y justo después de eso, dejó el viento de soplar. Impotente ante tal asombro.

Solo diré que jamás me sentí más refugiado que cuando dormí en su ombligo y me pareció el mayor refugio nuclear del mundo.

Estuve dispuesto a cruzar el país de orgullo que había entre tú y yo.

Hubiese andado descalzo un camino de cristales, de puntillas en charcos de ascuas y hasta a la pata coja en mares de chinchetas, todas las millas que separasen nuestros labios.

Hice autoestop en un coche con miles de ganas de comerte la boca de cilindrada. Con todas las suspensiones posibles para agarrarse bien a las piedras del camino. Sin volante porque el rumbo era fijo. Tan solo tenía que ir hacia ti. Pero me faltó la gasolina. Tus ganas. Que me sorprendieras a mitad del camino con un ramo de primaveras debajo de cada una de tus ojeras. Que me plantases en el suelo con un beso regadera que nos mojase a los dos de más y más besos. Me faltó que hubieses hecho una milésima parte de todo lo que yo hice por ti y jamás supiste valorar.

Y sigo preguntándome cómo estuve tan ciego como para haber dado tanto a alguien que jamás se preocupó de más por mí.

Ahora tengo los pies más quemados, cortados y agujereados que nunca. Un coche que vale para llevarlo al desguace. Y un jardín de flores muertas que jamás florecerán en tus ojeras.

He montado en autobuses con cervezas de más,
en los que, en vez de números,
he visto tu nombre escrito en ellos.

En los que la música de mis auriculares
llevaba el mensaje subliminal de tu sonrisa,
supongo que mi cabeza
jamás encontró el botón de eliminar,
o aún peor,
apuesto a que jamás tuvo el valor de buscarlo.
Quizá porque aquella sonrisa era la única
que conseguía darme la vida al oírla
y quitármela al no poder dejar de pensar en ella.

He montado en autobuses
en los que he pasado horas con los ojos cerrados,
pensando en el tiempo que quedaba para poder besarte.
Intentando no pensar en cuántas caricias
podría darte por minuto que pasaba.
Para no pegarme un suicidio emocional.

He cruzado miradas, besos, mordiscos
y algún que otro polvo con desconocidas,
buscando el sabor de tus labios en los suyos.

Me he desesperado una vez
por no haber conseguido lo que quería,
me he tropezado con la piedra,
y sin haber aprendido he vuelto a hacerlo cien veces más.

He bebido a morro y he llorado a pelo.
He sido un cobarde
y desafortunadamente muchas veces
he preferido lo fácil a dejarme la piel.

Me he arrepentido de haber besado a otras personas,
aunque fuese con la finalidad
de conseguir sentir en besos suyos
lo que tú conseguías tan solo
con recuerdos borrosos.

He ahogado lágrimas
y he mirado con los ojos rojos, esos de
«no me pasa nada», a ver si alguien se lo cree.

Me he echado las culpas por cosas que no he hecho.
Incluyendo ir a buscarte a casa,
llamar a tu piso,
decirte que bajes para llevarte a bailar toda la noche
hasta que nos duelan los pies tanto
como las ganas de tenernos.

He salido, bebido, escrito, pensado en ti y vuelto a casa,
solo.
He escrito muchas hojas,
pero marcadas con mis lágrimas pocas.
Casualmente todas las que iban para alguien
que se fue sin dejar migas de pan para saber por dónde volver.

He sido feliz sin ti,
pero no es lo mismo.

Quizá
no te dije
que lo hubiese
dejado todo
por ti,
pero la culpa
fue mía
por esperar
que lo
descubrieras
por tu propia
cuenta.

Me han hecho el amor con palabras
y me han roto el corazón sin golpes.
He besado sin sentir,
y he sentido mucho no haberte besado.

Me he ahogado en mis propias lágrimas y
he secado las suyas a besos.

He amado de más,
y me han querido de menos,
y por eso he acabado
dándole al vaso tu último beso.

He sido el orgullo en persona,
y he perdido oportunidades que valían oro.
Y estoy convencido de que al próximo ¿tragas o escupes?,
si se trata de orgullo, no pienso dejar ni una gota.
Porque os aseguro que mi orgullo no besa tan bien
como lo hacía ella.

He sido unas piernas temblando por el miedo
delante de unos ojos asesinos
que se clavan en el corazón
como si de algodón estuviese hecho.

He corrido muy lejos hasta perderme a mí mismo,
pero jamás a los problemas,
aunque también he huido de todo sin haberme movido.

He sabido cuándo parar,
aunque no lo haya hecho.

He besado bajo la lluvia
y me han mojado el alma sin que llueva.

He roto, herido y cortado
al acariciar heridas que no se cerraron bien,
pero por el roce de mis pedazos
que quedaron fruto de cicatrices
que no supieron cicatrizar.

He sido bala, y también agujero.

Me he enamorado de una sonrisa en décimas
y no lo he hecho de personas
a las que he besado durante horas.

He volado sin alas,
y me la he pegado al despertar
de ese sueño al que llaman amor.

He creído en el amor,
pero también lo he catalogado
de ciencia ficción,
situado entre la biblia
y demás marcianadas insufribles.

Me he tropezado tres veces con la misma piedra,
sin haberme levantado ninguna,
por miedo a aprender de errores,
que pudiesen doler, aún más, que la caída.

He besado sin protección,
y a los nueve meses seguía enamorado.

Me he plantado en tu portal,
y no he llamado al timbre,
por el miedo a que respondieses
y te tuviese que decir lo mucho
que te necesito.
Aun sin estar preparado para ello.

He desesperado,
esperando de tus labios un «te quiero»
y he esperado de los míos un «yo no».
Pero me ha salido todo al revés.
Porque creo que es como me has puesto
tú el mundo. Patas abajo.

He sido atropellado por un tren,
y de siete vidas que creía tener
estoy en números rojos.

He abierto los ojos en mitad de un beso,
esperando que sí, que fuese un beso,
y no un sueño.

He salido a flote,
y he pasado de hundirme,
de tocar fondo y naufragar,
a tropezar, herirme
y tener que curarme yo solo
las putas heridas,
como siempre.

He sido valiente cuando nadie
ha dado la cara por mí
y me he enfrentado a mis problemas,
aunque menos veces
que a los de los demás.

He llorado por personas que se han ido,
pero sobre todo por las que no pueden volver.

He escupido a Cupido, y me he reído del amor,
casi tanto como lamentado haber creído en él.

He creído en miradas
más que en culos bonitos,
he besado menos corazones auténticos
que bocas de usar y tirar.
Porque los primeros sobran,
y de los segundos faltan.

Me he creído carpintero,
jugando con clavos,
cuando se trataba de personas.
Y ni un clavo saca a otro clavo,
ni las heridas de unos labios
curan las de otros.
Pero, a veces, los rotos de un corazón
sí encajan con los de otro.

Pero, sobre todo,
hay agujeros que están hechos con mala leche
y que un clavo mal clavado no puede tapar.
O simplemente pasa que un clavo
jamás podrá cubrir un agujero de bala.

He necesitado muchas cosas
que no he tenido,
y he tenido muchas cosas
que no he necesitado,
y aun así,
he seguido hacia delante.

Me ha explotado el amor en la cara,
y me ha dolido más que bofetadas.
He sufrido palabras más tajantes
que cuchillos de carnicero.

He follado por placer, necesidad,
y ganas de olvidarte,
e igual que cuando voy borracho,
también te he recordado doble.

Y después de todo
lo único que he aprendido
es que, si no duele, no hay lección,
sin error no hay avance.
Y si no das un paso atrás,
no tienes impulso suficiente
para dar tres zancadas hacia delante.

También, como dije ya una vez:
«He sido feliz sin ti,
pero no es lo mismo».

Ya no hueles a hierba mojada.
Ni tus caricias son de terciopelo.
Es más, apuesto a que tus besos ya no saben a fresa.
Y que tu mirada no congela ni hace temblar como antes.

Ya no eres tú,
ya no estás en el punto de mira.

Ahora el único problema soy yo.
Pero eso no es nada,
tengo una vida entera para sufrirme.

Ya no hueles a hierba mojada.
Tus «te quiero» ya no suenan a música
y tu pelo ya no es suave seda.
Tus buenos días ya no cambian los míos.
Tu culo ya no me grita que lo mire cuando pasas.
Ya no quiero morderte los mofletes.

Has dejado de ser tú.
Y me alegro.
Hace tiempo que tú eres tú y yo no soy nadie,
y como que me gusta más así.

Estoy conociendo a alguien, sí, soy yo.
Que me vaya bien.

A veces
el mejor
paisaje
es mirar
a tu alrededor
y ver con
quién viajas.

Ya no te echo de menos,
no necesito tus besos,
ni tus más y tus menos,
tus abrazos por sorpresa
ni mucho menos tus cosquillas.

Ahora es costumbre
despertar oliendo a Mikanoff,
Barmons o algún que otro alcohol barato,
en vez de una mezcla de nuestro sudor,
la colonia que usabas, que a mí
solo me volvía loco cuando se juntaba
con tu olor natural,
pero ya no lo echo de menos.

Ni que me besaras el tatuaje de la espalda,
diciéndome que el que yo te había hecho
dentro de la piel, donde no lo vemos,
tan solo lo sentimos,
era más grande que el mío.

No echo de menos
que me mirases a los ojos
mientras me agarrabas
la vida, con las dos manos,
y me decías que sentirla dentro
era la hostia,
pero nada que ver con cómo
te sentías cuando te acariciaba
y sentías frío y calor a la vez,
que te volvías tormenta
y oasis a la vez.

No echo de menos
tus uñas en mi espalda,
ni mis manos en tus nalgas,
ni mi boca en tu flor,
ni tus sábanas empapadas.

Echo de menos lo que fuimos,
todo lo que
tuve,

sentí,
y viví,
cuando tú y yo
éramos más que tú y yo.

Pero a ti,
a ti ya no te echo de menos.
Por mí,
como si nunca más te vuelven a besar
como te besaba yo.

Me da miedo
la gente
que es capaz
de hacerte feliz, porque eso
les otorga
la capacidad
de hacerte
doblemente triste
en el momento
que se vayan.

Sigo pasando por los restaurantes en los que solíamos cenar juntos, y sigue habiendo esas mesas tan perfectas en las que ahora tú y yo ya no pintaríamos nada, porque ya no somos tú y yo. No encajaríamos en sus sillas redondas porque ya ni siquiera encajamos en las vidas del otro. Y qué triste andar con estas lágrimas retenidas por las aceras en las que nos dirigíamos borrachos a casa en busca de un techo bajo el que crear nuestro nido de secretos que jamás saldrían más lejos de nuestras bocas susurrando entre las luces apagadas de tu cuarto, de tu cuarto nunca saldrán esos recuerdos que ya nos comimos en aquel último adiós que nos costó tanto escupir.

Sigo bebiendo el mismo vino que bebíamos en el salón de tu piso, pero, cariño, ya no es el mismo vino, porque ya no es la misma la intención de beberlo, beber de felicidad y beber de nostalgia no tiene nada que ver. Nada que ver es lo que quedó después de aquel destrozo que causamos, mejor dicho, que causaste en mí, porque después de aquello parece que la única víctima fui yo, que a ti, cariño, no te afectó que el vino se derramara sobre mis sentimientos aquella noche que los dos supimos que iba a ser la misma noche, porque después de aquella noche, habría muchas más, pero como las de antes de aquella, ninguna, cariño, ninguna.

Sigo escribiendo en las mismas hojas, con la misma pluma, con las mismas ganas de desahogarme, pero no con los mismos motivos para hacerlo, antes sangraban las sonrisas de tanta felicidad que albergaba en nuestras bocas, ahora sangran los ojos faltos de lágrimas porque los «te echo de menos» que suelto al aire y no escucha nadie consumen todas y cada una de estas. Sigo firmando todas mis palabras con mi nombre, pero ahora la diferencia es que me da miedo decir el tuyo, porque me siento tan vulnerable ante las cuatro letras que lo forman que tener que escribirlo, además de recordarlo, sería cavar un poquito más mi propia tumba.

Qué triste es ese momento en el que te das cuenta de que alguien a quien querías mucho ha cambiado y ya es nada. Dejar de sentir por una persona a la que querías mucho es algo parecido a quemar todos vuestros recuerdos en una caja y que te obliguen a ver cómo se hace cenizas. Es triste porque cuando queremos mucho a alguien jamás somos conscientes de que de un día para otro las cosas pueden cambiar y podemos perder a ese alguien, no porque deje de estar, sino porque ya no nos gusta estar porque no nos recuerda a la persona a la que llegamos a querer tanto.

Si no te necesito ya es porque cuando tú me necesitaste yo estuve para ti, yo te di mi hombro para llorar, yo te di mis manos, mis brazos, mis piernas, mi mundo entero, para cambiar el tuyo a mejor. Si no te necesito ya es porque hice posible lo imposible por ti, hice de ambulancia, de amante, de hermano, de salida de emergencia, pero cuando tú estabas bien no te preocupabas por tenerme en tu vida. Lo siento, pero no soy un flotador, no voy a estar solo presente en los rescates que necesites, no voy a aparecer cuando tengas la soga al cuello, cuando te ahogues en tus problemas, porque no supiste valorar nada más allá del momento en el que te salvé.

Lo siento, pero me duele que todo esto haya sido así, pero, joder, tampoco lo siento por mí, lo siento por ti, que no sabes lo que te pierdes, que no sabes valorar, que no sabes ganar porque se te da demasiado bien perder, perderme.

Siempre me supo mal tener que aclarar las despedidas, porque es un poco triste que las personas no se den cuenta de cuando pierden a alguien por el hecho de no cuidarle.

No sé, creo que a veces tenemos más miedo a que las personas cambien y no nos guste cómo lo hacen que a perderlas, porque en parte ver que la persona que tanto nos gusta o gustaba ya no es la de siempre es otra forma de perderla.

Te dicen «aguanta, puedes con esto y más», pero, coño, ¿y si solo quiero estallar?, ¿y si solo quiero explotar y olvidarme de todo?, ¿y si ya me he cansado de aguantar?, ¿por qué tenemos que estar toda la vida aguantando? Al final los problemas acaban pesando más de lo que podemos soportar, a veces aguantar no es la solución.

Me busco la ruina todas las noches,
después de jurarme que voy a olvidarte,
después de mentirme con falsas promesas
que jamás me planteé cumplir,

me busco la ruina todas las noches,
hablando con el lado frío de la almohada,
charlando sobre lo caliente que es dormir
en tu pecho de lava.

Debato con la noche todas las mañanas,
desde que te perdí una tarde,
sobre si lo que más me gustaba de ti
era tenerte encima o debajo,
sabiendo que daba igual, mientras estuvieras
más dentro que fuera de mi vida.

Me busco la ruina todas las noches
buscándote en el sueño,
buscándote en el techo,
buscándote en el insomnio,
y lo más triste es que,
buscándote dentro de mí,
cada vez te encuentro menos.

Y no sé si alegrarme de que te vuelvas borrosa
o preocuparme de que jamás llegáramos a ser más
que la imagen de una utopía que se condenó al fracaso
por ser los mayores cobardes de la historia,
de la historia que jamás nadie va a recordar.

Quizá solo fue miedo y falta de coraje

Lo siento, pero no soy capaz de levantarme un día cualquiera y plantarme a veinte centímetros de ti, después de abrazarte, besarte, acariciarte las mejillas y morderte el cuello y decirte que te necesito.

He visto torres más altas caer, y yo que me vuelvo tan insignificante cuando estoy contigo, cómo no voy a tener miedo, a veces se tiene miedo a decir lo que se siente porque las palabras asustan, no quería que mi necesidad por tenerte en mi vida te sacara de ella.

Quizá nadie está preparado para necesitar a otras personas, quizá y solo quizá, por eso nos asustamos tanto cuando descubrimos que no podemos vivir sin otra persona, o no es que no podamos, pero lucharíamos por activa y por pasiva para que eso jamás pasara, porque, joder, yo inventaría dragones por ti, yo saltaría de un avión sin paracaídas si me dicen que tú me esperas las milésimas antes de estrellarme contra el suelo. Yo, yo... joder, yo te besaría delante de tus enemigos y haría que hasta estos desearan besarte.

Quizá perderte a ti no fue lo peor que me pasó en la vida, pero no quería que eso pasara en toda mi triste existencia, nos prometimos tantas veces envejecer juntos, morirnos de hambre si fuese necesario, pero felices, insisto que juntos y felices, al contrario de como salió todo.

Nos prometimos viajes y amaneceres, días y noches, noches y días en los que los besos nos confundieran las horas, las caricias los minutos y el tenernos el uno al otro anulase los segundos. No te prometí la luna, pero sí la tierra —«Será nuestra porque nadie se quiere con más fuerza que nosotros»—, pequeños ilusos, y si el amor puede con todo, nosotros amándonos así, con todos. Pero insisto, pequeños ilusos, con los años se aprende, pero con los daños no se olvida. Y yo a ti creo que jamás, pero no vuelvas a pedirme nunca no estar en segundo plano, porque llegarán otras personas que sí me ayudarán a conquistar la tierra, que no me prometerán nada y me sorprenderán con cosas nuevas todas las semanas, llegará alguien que me bese la tristeza todas y cada una de las noches en las que no tenga fuerzas; y no serás tú.

Pero no te preocupes, no te guardo rencor, solo un lugar en el recuerdo. Y te aseguro que el recuerdo jamás será el mejor lugar en el que puedas estar conmigo, pero tú te lo pierdes, pero tú me pierdes. Sé feliz, pero no me pidas volver a ser conmigo jamás, porque tú y yo ya fuimos y no fue.

Te abrazo desde el cariño, y jamás desde el rencor.

Tu querido Ben.

Estuvimos hechos el uno para el otro.
Dos piezas de puzle perdidas,
que encajaban a la perfección
aun habiendo sido extraviadas de distintas cajas.
No tuvimos en los bolsillos,
en las miradas
ni tan siquiera en la arenilla de los zapatos
que queda después de pasear en la playa,
el suficiente valor para asumir que nos necesitábamos.
Se nos hicieron millas
los dos centímetros que había de recorrido
entre la estación de tus mejillas
y la siguiente; la de tus labios.
Se nos quedaron las ganas en las gargantas.
Una vez, mientras te abrazaba,
hasta te susurré todo lo que eras para mí.
Tan flojo que ni yo logré oírme.
Una vez mientras te veía marchar,
estuve a punto de echar a correr detrás de ti,
cogerte, darte la vuelta
y arrancarte los besos de los labios
como lobo hambriento delante de su presa.
Una vez te dije «bésame», en broma
y cien mil veces deseé
que tu sentido del humor
hubiese muerto en aquel instante.
Diez veces acaricié tu rostro
y en todas ellas sentí
que el calor que transmitías
iba más allá de tus mejillas frías.
Tres veces te escribí sin miedo a que me leyeras,
pero jamás te dije que eso era para ti.
En especial hubo una vez que miré tus labios,
cortados y agrietados,
con las ganas de sanarlos
con todos los besos del mundo,
juntados en una caricia.
Y lo único que he hecho
todas las veces que he estado contigo
es arrepentirme de no haberte besado.
Quizá siempre me pudo el miedo a perderte.
A pensar, que quizá tú y yo

no éramos dos piezas de puzle
que encajaban a la perfección.
Quizá nunca supe ver la realidad,
o tan solo, quizá,
jamás tuve valor para intentar cambiarla.

La belleza
de las
personas
rotas reside
en la luz
que se cuela
por sus
grietas.

A veces es duro escribirte desde la misma cama en la que nos corríamos en contra del tiempo. A veces es difícil andar por las mismas calles en las que corríamos en contra de los miedos. A veces te veo en mi cama, en las calles, o quizá tan solo en los recuerdos. Ya no corremos porque estamos parados en puntos distintos. Ya no nos besamos delante de cientos de personas que ni se fijan en nosotros porque para ellos no somos nadie. Como cuando te besaba y sentía que no había nadie porque aquellos cientos a mí no me importaban. No veía más allá de tus labios. Porque tan solo tú me importabas. Ya no paso por los rincones en los que íbamos a meternos mano, ni meto la mano en según qué rincones porque ya no es en los tuyos.

Vuelvo a andar solo. porque tú has querido.
Vuelvo a besarme las heridas, porque tú has querido.
Vuelve a dolerme, porque yo no he podido superarlo.

Pero, al fin y al cabo, sí lo he buscado. No sé ni lo que digo, pero la cosa es que ya no es en tu oreja donde lo digo.

Ya no.

Ahora duele.

Cartas a Finlandia

Cariño, esta carta pública es solo para ti.

Te escribo esto mientras suenan las mismas canciones tristes que me ponía cuando nos enfadábamos antes. Antes, cuando aún estabas aquí y podía mirarte con ojos tristes después de hacer las cosas mal y sin querer, pero queriéndote mucho.

Esta carta es pública, cariño, para que todo el mundo sepa que te echo de menos. Que no me explico ni llego a entender cómo puedo reunir las fuerzas una vez tras otra para cagarla y tenerte tan lejos, para equivocarme y dejarte ir sin correr detrás de ti.

Sé que ahora estamos lejos en todos los sentidos, pero sé también que sentimos un frío parecido, tú tienes tu nieve y el hielo de Finlandia, tus menos ocho grados, tus ventanas empañadas, tus dedos fríos y los pies a conjunto, las capas de ropa, el vaho que se escapa de tu boca como de la mía, todos esos besos que ya no me caben por querer acumularlos esperando a que vuelvas. Sé que tu frío cala, pero el mío me está rompiendo por dentro.

Sé también, cariño, que soy un cobarde, que jamás supe afrontar que fuiste la primera persona, después de muchos intentos y errores, con la que hubiese tenido el valor de intentarlo todo.
Y una vez te dije, cielo, que me daba miedo ser sincero contigo por el pánico a que el dolor a no ser correspondido acabase con mis ganas de ser yo, pero con otra persona que no fueras tú.

Echo de menos, cariño, nuestros reencuentros, nuestros bancos, nuestras cafeterías, besarte en la estación de metro de mi casa e intentar que te quedases dos minutos más, pero toda la vida. Echo de menos ir a verte al trabajo, que me alegres los días que yo mismo entristezco, que saques tiempo para mis caricias, que me regales los besos solo porque quieres que sean míos y no de otro.

La cagué una vez y lo he vuelto a hacer otra vez. Y todo el daño que te pude hacer dejándote ir sin correr detrás para decirte que quería que me llevases contigo me dolió a mí doce mil veces más. Una por cada beso que te podría haber dado en todos estos minutos que he pasado sin hablarte.

Me duele fantasear sobre besar tus labios, tu boca, cariño, perfecta, y saber que ya no estás. Me duele, cariño, que una vez te tuve llorando sobre mis hombros por un hombre que no era yo y seguí queriendo compartir mis tardes contigo. Me duele porque fui amigo y ladrón de besos a la vez, pero jamás llegué a dar el paso y decirte que me enamoré de tus labios, pero quise quedarme a tu lado por todo lo que salía de ellos.

Y siento mucho añadir en esta carta unos versos que no son míos, pero que un señor del cual soy tocayo dijo una vez «Prefiero estar contigo y que me olviden a escribir una obra maestra en la que cuente que aún no te he encontrado o que ya te perdí». Y a veces siento que podría escribir novelas enteras sobre los besos que no nos daremos, sobre los abrazos inacababIes que por desgracia han terminado.

Cariño, no te pido que me perdones por lo idiota que he sido, por lo idiota que fui o por lo idiota que voy a ser. Solo quería que supieras que aquella vez que dijiste que no estábamos hechos para encajar tuve claro que cuando dos personas tienen en sus manos todo el amor para entregarse en caricias, todos los huecos, las esquinas, los bordes y las imperfecciones terminan encajando, porque no estábamos hechos para encajar, pero al menos, creo, que sí para ser felices.

De tu idiota Ben, que te echa mucho de menos.

Te lo creas
o no,
fue un
golpe
muy duro
descubrir
que la vida
también
sigue
sin ti.